## 逃家小兔

文・Margaret Wise Brown　圖・Clement Hurd

發行人・張杏如

翻譯・黃迺毓　主編・溫碧珠

文字編輯・孫婷婷　美術編輯・黃娣琳、陳玉敏、鍾燕貞　生產管理・黃錫麟

出版・信誼基金出版社　發行・上誼文化實業股份有限公司

臺北市重慶南路二段75號　電話・23913384

郵撥・10424361　上誼文化實業股份有限公司　定價・新臺幣200元

印刷・中華彩色印刷股份有限公司　裝訂・精益裝訂有限公司

1997年4月初版　2008年4月初版十二刷

行政院新聞局局版臺業字第184號

ISBN　957-642-403-8（精裝）

有版權・勿翻印　如有破損或裝訂錯誤請寄回更換

# 逃家小兔

文／瑪格麗特·懷茲·布朗　圖／克雷門·赫德
譯／黃迺毓

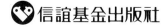

作者：**瑪格麗特・懷茲・布朗**

(Margaret Wise Brown, 1910〜1952)

　　「懷茲」是英文「聰明」的音譯。人如其名，瑪
格麗特正是一位絕頂聰明、才華洋溢的奇女子。她
不但為孩子寫了 100 多本童書，更與一群好友一起
為兒童文學的教育、創作與出版開拓出影響深遠的
天地。

　　瑪格麗特的老師米歇爾女士(Lucy Mitchell)在 20 世紀初對兒童文學提
出革命性的主張。她相信 6 歲以下的孩子對與生活經驗相契合的故事(Here
and Now Story)非常感興趣。在老師的啟發下，瑪格麗特不但自己為孩子
寫故事，在擔任出版社總編輯期間，更發掘了許多志同道合的作者和畫者，
帶動兒童文學的新風潮。

　　雖然瑪格麗特從來沒有結過婚，也沒有自己的孩子；但是，她卻對孩子的
心理、情緒和興趣有著深刻的體認。她擅長用精簡、遊戲性、有韻的優美文
字來鋪陳故事，不但能深深打動孩子的心，更能開發孩子的想像力，讓他們
創造出自己的詩文。因此，她的許多圖畫書（例如：逃家小兔、晚安・月亮）
都能流傳至今，仍為許多父母、孩子喜愛的經典之作。

## 畫者：克雷門・赫德
### (Clement Hurd, 1908-1988)

　　克雷門出生於美國紐約市。13 歲在寄宿學校裡開始學畫。耶魯大學畢業後，曾在母校建築學院待了一年，並到巴黎跟隨名師學了 2 年繪畫。回國之後，從事壁畫及小型設計工作。後來結識了瑪格麗特等兒童文學工作者，並且和其中的一位作家艾達（Edith）結婚。從此，克雷門就成了專職的童書插畫者。自 1939 年至 1980 年這 40 年間，克雷門共畫了 70 多本書，其中有 5 本是由他一手包辦了故事和圖畫，而半數以上則是他和作家太太合作完成的。

　　克雷門為童書所畫的圖，最讓人稱道的是他大膽、乾淨、單純、明亮的用色，總能吸引孩子的注意力；而匠心獨運的造型和版面設計，兼顧趣味與秩序，巧妙的增添了故事的張力與可讀性。

　　瑪格麗特和克雷門夫婦不但是生活上的好朋友，也是工作上的好夥伴，他們一起創作了多本受歡迎的圖畫書。克雷門就曾說過：「我發現，所有和瑪格麗特合作的插畫者，在她的書中總有最好的表現。與瑪格麗特一起工作雖然很困難，但過程很有啟發性，而結果也總是令人滿意。」

# 逃家小兔

從ㄘㄨㄥˊ前ㄑㄧㄢˊ有ㄧㄡˇ一ㄧ隻ㄓ小ㄒㄧㄠˇ兔ㄊㄨˋ子ㄗ˙， 他ㄊㄚ很ㄏㄣˇ想ㄒㄧㄤˇ要ㄧㄠˋ離ㄌㄧˊ家ㄐㄧㄚ出ㄔㄨ走ㄗㄡˇ。
有ㄧㄡˇ一ㄧ天ㄊㄧㄢ， 他ㄊㄚ對ㄉㄨㄟˋ媽ㄇㄚ媽ㄇㄚ˙說ㄕㄨㄛ： 「 我ㄨㄛˇ要ㄧㄠˋ跑ㄆㄠˇ走ㄗㄡˇ啦ㄌㄚ˙！ 」
「 如ㄖㄨˊ果ㄍㄨㄛˇ你ㄋㄧˇ跑ㄆㄠˇ走ㄗㄡˇ了ㄌㄜ˙， 」 媽ㄇㄚ媽ㄇㄚ˙說ㄕㄨㄛ， 「 我ㄨㄛˇ就ㄐㄧㄡˋ去ㄑㄩˋ追ㄓㄨㄟ你ㄋㄧˇ，
因ㄧㄣ為ㄨㄟˋ你ㄋㄧˇ是ㄕˋ我ㄨㄛˇ的ㄉㄜ˙小ㄒㄧㄠˇ寶ㄅㄠˇ貝ㄅㄟˋ呀ㄧㄚ˙！ 」

「如果你來追我，」小兔說，
「我就要變成溪裡的小鱒魚，
游得遠遠的。」

「如果你變成溪裡的小鱒魚，」媽媽說，
「我就變成捕魚的人去抓你。」

「如果你變成捕魚的人，」小兔說，
「我就要變成高山上的大石頭，
讓你抓不到我。」

「 如果你變成高山上的大石頭， 」
媽媽說，「 我就變成爬山的人，
爬到高山上去找你。 」

「如果你變成爬山的人，」 小兔說，
「我就要變成小花， 躲在花園裡。」

「如果你變成小花，」媽媽說，
「我就變成園丁，我還是會找到你。」

「 如果你變成園丁， 找到我了， 」
小兔說 ， 「 我就要變成小鳥，
飛得遠遠的。 」

「 如果你變成小鳥， 飛得遠遠的， 」

媽媽說， 「 我就變成樹， 好讓你飛回家。 」

「 如果你變成樹， 」 小兔說，

「 我就要變成小帆船， 飄得遠遠的。 」

「如果你變成小帆船，」媽媽說，
「我就變成風，把你吹到
我要你去的地方。」

「如果你變成風，把我吹走，」小兔說，
「我就要變成馬戲團裡的空中飛人，
飛得高高的。」

「如果你變成空中飛人，」
媽媽說，「我就變成走鋼索的人，
走到半空中好遇到你。」

「 如果你變成走鋼索的人， 走在半空中， 」
小兔說， 「 我就要變成小男孩跑回家。 」

「　如果你變成小男孩跑回家，」
媽媽說，「　我正好就是你媽媽，
我會張開手臂好好的抱住你。」

「天哪！」小兔說，

「我不如就待在這裡， 當你的小寶貝吧。」

他就這麼辦了。

「來根紅蘿蔔吧！」媽媽說。

# 給爸爸媽媽的話

黃迺毓

　　如果有一天，你的孩子告訴你：「我要離家出走啦！」你會怎麼想？

　　首先，你可能會有點難過，以為孩子一定對這個家有很多不滿，否則為什麼要離開呢？

　　其次，你可能反省自己，是不是你給孩子的愛和保護不夠，所以孩子沒能感受到家庭的溫馨，想要一逃了之？

　　然後，你可能決心要跟孩子好好的談談，開導他，勸慰他，安撫他，讓他知道社會險惡，還是家裡最安全。

　　或許往後的幾天，你會暗中觀察，看看他有沒有回心轉意，還是已經打好行李，準備遠走高飛。

　　如果他再也不談逃家的事，你就放心了；萬一他還不死心，你可能會嘗試其他的方法，例如恐嚇他、警告他、威脅他，讓他不敢蠢動；或者你可能開始尋求專家的分析、診斷，以決定如何對付這個想逃家的小子。

　　如果你是上述這種父母，恭喜你，因為你很正常；更因為通常當孩子宣告他要逃家時，往往是在透露他對家的眷戀，他不見得會真正逃家。

　　但是孩子有了逃家的宣告，父母沒有一些回應，未免太冷漠了些，這樣的父母太不有趣，說不定這才是讓孩子想逃家的真正理由。如何適度的表達你的關切，讓親子關係藉此而更經得起考驗，這本書提供了一個完美的思考空間。

小兔的逃家念頭表達了他的獨立需求，越是知道自己需要依賴父母的照顧和保護，這種獨立的願望越強。他也明白父母愛他，但是他想更確定這份愛是無條件的，是用不完的。而兔媽媽的回答正是提供了這樣的肯定與絕對，難怪每個孩子在看過這本書之後，都能獲得安心和滿足，使這本書在眾多童書中實至名歸的登上「經典中的經典」寶座。

　　書中親子的對話充滿俏皮和趣味。小兔以其豐富的想像力，馳騁在他所能想到的地極，不辭上山下海，又千變萬化，讓媽媽不敢小看他的本事。然而媽媽也佈下天羅地網，再怎麼辛苦，都心甘情願的奉陪，以其幽默感和創意，陪著小兔天涯海角的逃逃抓抓。

　　在一逃一抓之間，孩子施展了「你抓不到我」的調皮，媽媽也流露了「你往哪裡跑」的詼諧。優美簡潔的文字配上素雅且滿是童趣的插畫，提供了無限的想像天地，又讓我們品嚐了「情深似海，恩重如山」的親情交流。

譯者：**黃迺毓**

（美國南伊諾大學博士，台灣師大家政教育研究所教授）

　　從事童書的教育、研究、及推廣工作十餘年，樂此不疲。很高興這隻鼎鼎大名的小兔逃到台灣來，兔媽媽也追過來，二者還能以華語對話。